청어詩人選 523

사람의 온도

윤경환 시집

청어

사람의 온도

윤경환 시집

시인의 말

나는 한동안 시를 써왔지만,
시가 무엇을 구해 주었는지는 아직 잘 모르겠다.
다만 쓰지 않았다면 더 쉽게 무너졌을 순간들이 있었고,
말하지 않았다면 스스로를 잃었을 날들이 있었음을 안다.

이 시집에 실린 시들은
어떤 위대한 깨달음이나
특별한 사건에서 비롯된 것이 아니다.
계절이 바뀌는 소리,
밥상 위에 오르던 따뜻한 국물,
말없이 닦아낸 구두 한 켤레,
누군가의 등을 오래 바라보던 저녁 같은
지극히 평범한 시간들에서 태어났다.

나는 세상을 바꾸는 말보다
사람을 덥히는 말에 더 오래 머물고 싶었다.
누군가의 마음을 설득하기보다
잠시 곁에 앉아 주는 문장이 되고 싶었다.
그래서 이 시들은 빠르지 않고,
화려하지 않으며,
대부분 낮은 목소리로 말을 건넨다.

사람은 누구나 저마다의 온도를 지니고 살아간다.
너무 차가워 스스로를 얼리는 사람도 있고,
너무 뜨거워 곁을 태우는 사람도 있다.
살아간다는 것은
그 온도를 알아차리고,
서로의 체온에 다치지 않도록
조심히 손을 내미는 일인지도 모른다.

이 시집이
누군가의 삶을 바꾸지 못하더라도,
하루의 속도를 조금 늦추게 하거나
자기 마음을 한 번쯤 돌아보게 할 수 있다면
그것으로 충분하다.

끝까지 읽어 준 당신의 손에
이 시집의 체온이
조용히 남아 있기를 바란다.

차례

시인의 말

제1부 라일락 꽃 질 때면

제2부 사람의 온도

해설_김상환(시인·문학평론가)

라일락 꽃 질 때면

라일락이 지는 저녁이면
묵은 아픔도 바람에 흩어지고
그 자리에 피어날 새봄을
나는 다시 기다리네

그런 사랑을, 그런 봄을

4월의 벛꽃

기나긴 겨울이 지나
봄님이 찾아오네

가지마다 흐드러진 꽃송이
미소 짓느라 바쁘다

불꽃처럼 다가와
이슬처럼 스러지는 꽃

생의 마지막 순간을
순결로 장식하는 꽃

사뿐히 내려앉아
새하얗게 빛나는 저 꽃잎처럼

마음과 마음 사이에도
맑고 고운 빛이
깃들기를

첫 봄

내가 한 마리 새가 된다면
바람을 따라 날아가
그대의 숲에서
노래하겠습니다

내가 한 송이 꽃이 된다면
달콤한 향기로
그대의 들녘 위에
아름다움을 흩뿌리겠습니다

내가 태양이 될 수 있다면
따스한 햇살로
그대의 겨울을 지나
싱그러운
첫 봄을
선물하겠습니다

6월의 수국

6월의 거리에
수국이 피었다

소년의 볼처럼
보드랍고 앙증맞은 얼굴로
오랜 기다림 끝에
햇살을 향해 웃고 있다

여름비 머금은 아침
젖은 숨결로 자라난 꽃은
맑은 하늘을 닮은 혈색으로
젊음과 정열을 노래한다

수국은 말한다
외롭지 않게
다정히 피어라

그러나
스스로의 빛은
끝내 잃지 않는다

닮은 듯 다르고
비슷한 듯 다른 미소들
저마다의 마음으로
하늘빛을 품고 서 있다

6월의 꽃길을 걷다 보면
바람 속에 번지는 향기에
나도 모르게
가슴이 설렌다

그대를 닮은 5월

5월은 언제나
빛이 먼저 피어나는 계절

바람은 꽃잎을 데리고
골목마다
사랑의 향기를 흩뿌리고
햇살은
부드럽게 마음을 적십니다

아침의 공기는 투명하고
나무들은
푸르른 노래를 부르며
하루의 시작을 맞이합니다

그런데
이 계절의 눈부심보다
더 찬란한 건
그대의 웃음입니다

장미보다 붉고
튤립보다 맑게 피어나는

그대의 미소 한 송이

그것 하나로
온 세상이
5월이 됩니다

그대에게 건네는 노래

삶은 바다,
끝이 보이지 않는 푸른 길
나는 오늘도
파도 위의 작은 배로 떠납니다

뒤돌아보면
많은 날들이
거친 물결에 흔들렸지만
그럼에도 매번
노를 들었지요

한 손엔 사랑을,
다른 한 손엔 믿음을 쥐고
바람이 불면 노래를,
비가 오면 기도를
저었습니다

때로는 외로워도
그 외로움이
나를 단단히 잡아주었고
때로는 고단해도

그 고단함이
나를 사람으로 만들었습니다

저 멀리,
하늘과 바다가 맞닿은 자리
그곳에 누군가의 웃음이 피어 있다면
그게 바로
내가 향하던 항구입니다

오늘도 나는
고요히 노를 저으며
그대를 향해 갑니다

그대를 보고 있노라면

그대의 눈망울에는
하늘의 가장 깊은 푸름이 있고

그대의 미소에는
아침 햇살이
잠시 머물러 있습니다

그대의 입술은
봄날의 첫 꽃잎처럼
달콤하고 향기롭고

그대의 머릿결은
노을빛 바람에 젖은
가을의 물결 같습니다

그대를 보고 있노라면
내 마음은
천국의 문턱에 닿고
시간은 잠시
숨결처럼 멈춥니다

그런 사랑이 지금 내 곁에

봄이 오는 노랫소리에
가장 먼저 생각나는 사람,

새벽달을 보면
괜히 그리워지는 사람.

괴로움 속에서도
다시 일어서게 만드는 사람,

그런 사랑이
지금 내 곁에 있다면
당신은 이미
사랑의 중심에 서 있다.

그런 너는

너는 바람으로 다가와
붉게 물든
가을이 되었다

너는 태양으로 떠올라
맑고 고운
꽃으로 피어났다

너는 바다로 흘러가
은빛 물고기로
다시 태어났다

그런 너는
나에게
고요히 중심을 잡고
모든 것을 끌어안는
우주다

당신이라는 꽃

장미의 붉은 정열도
튤립의 싱그러운 빛깔도
난초의 깊고 은은한 향기도
해바라기의 따뜻한 미소도
모란의 화사한 자태도

모두 아름답고
참 예쁩니다

하지만 이건
비밀이에요

내가 세상에서
가장 받고 싶은 꽃은

화려한 장미도
향기로운 난초도 아닌

내 마음속에 피어 있는
가장 소중한 꽃
바로
당신입니다

장미꽃 한 송이

오늘은
그대에게
싱그러운 장미꽃
한 송이를
드리는 날입니다

붉은빛은
그대를 향한
꺼지지 않는 정열
영원의 불꽃입니다

겹겹이 싸인 꽃잎은
시간이 빚은 사랑,
조용히 깊어져 가는
그리움의 결입니다

바람에 실린 향기는
영혼으로 부르는 노래
이 세상에 단 하나뿐인
환희의 숨결입니다

날카로운 가시는
아름다움을 지켜주는
숙명의 손길이며

곧게 뻗은 줄기엔
변치 않는 믿음이
피어납니다

오늘은
내 마음의 한가운데
붉게 핀
장미 한 송이를
세상에서 가장 아름다운
그대에게
바칩니다

가을의 로망

누군가 몹시 그리워질 때면
철새의 울음에 취해
한 줄기 바람이 되렵니다

깊어져 가는 노을빛 속에
단풍잎이 물들면
나도 그 빛처럼
붉게 타오르렵니다

비록 덧없이 스러질지라도
후회 없이
아름답게
그대 곁에 머물러
맑은 사랑으로
꽃잎처럼
지고 싶습니다

그땐 그랬지

산에 핀 단풍보다
더 붉게 물든 것이
사랑인 줄만 알았고,

푸른 바다보다
더 맑은 것들이
변함없는 우리의 믿음인 줄 알았다.

들에 핀 꽃처럼
찬란하고 아름다운 것은
네 얼굴에 가득한
미소를 보는 일이었고,

겨울의 매서운 눈 폭풍처럼
나를 몹시 떨게 한 것도
바로
너였다.

헤어진 다음 날

하루가 지났는데
세상은 여전히 그대로다
햇살은 비치고
사람들은 웃고
나는
아무 일도 없는 척
앉아 있다

시작이 있으면 끝도 있다고
스스로 위로했지만
그 말이
이렇게 차갑게
와닿을 줄은
몰랐다

손끝에 남은 온기
창문에 비친
그대의 잔상
모든 것이
아직
내 안에

머물러 있다

이별은
순식간에 오지만
잊음은
아주 천천히
다가온다

사랑이 사라진 자리에
허공만 남았지만
그 허공이
언젠가
새로운 바람이 될 거라
믿는다

그래서 오늘은
아무 말 없이
그대를
보내기로 했다
조용히
봄이 다시 오듯이

늦게 도착한 편지

당신이 떠난 뒤에도
나는 한동안
보낼 곳 없는
편지를 썼다

서랍 속에
차곡히 쌓이던 말들은
가을 끝의 낙엽처럼
조용히
빛을 잃어 갔다

오랜 시간이 흐른 뒤
한 장을
펼쳐 읽었다
그 안에는
이별보다
오래 머무른 마음이
작은 숨결처럼
남아 있었다

그제야

알았다
편지는
도착하는 일이 아니라
내 안에서
천천히
비워지는 일이라는 것을

그대는

그대는
내 심장에 걸린
첫 새벽

빛은 숨을 고르고
노을은
아직 눈을 뜨지 않았다

태양이여,
당신의 이름 속에서
나는 눈을 감는다

눈을 감아야만
별이 보인다

대지 위 꽃은
바람을 배우고
바람은
길을 낳는다

그 길 위

내 발자국은
당신의 그림자를 따른다

그대는 바다
물결은 목마름을
기도처럼 데려오고
나는
끝없는 물을 마신다

그대는 불
밤의 뼈까지 타올라
검게,
그러나 환하게
나를 비춘다

그대 없는 세상
길은 닫히고
빛은
자신을 잊는다

그러니

내 전부여

이 발걸음을
당신의 이름 위에
놓게 하소서

너에게로 간다

낙엽 지는 가을이 오면
비단길 같은 골목을 밟으며
너에게로 간다

푸른 새벽하늘이 밝아오면
한 줄기 바람에 몸을 싣고
너에게로 간다

태양처럼 샛노란 꽃이 피면
그 향기를 가슴에 접어
너에게로 간다

계절이 몇 번을 바뀌어도
길이 나를 부르지 않아도
사랑을 품은 나는
오늘도
너에게로 간다

가장 소중한 고백

내가 가장 원하는 건
달리기 경주의 우승도,
글쓰기 공모전의 수상도,
시험에서의 일등도 아니다

내가 진심으로 바라는 건
그대의 마음을 여는 일

나는 이미
우승도,
수상도,
일등도 해보았지만
그대 곁을 맴돌며
아직
말하지 못했다

지금 내게 필요한 건
매일 달리는 일도,
글을 더 잘 쓰는 일도,
시험공부도 아니다

지금 내게 필요한 건
그대 앞에 서는 일
실패가 두렵고
조금 창피해도
말하지 못한 오늘로
내일을 후회하지 않기 위해

내가 가장 원하는 건
지금 내게 필요한 건
오직
그 고백 하나다

10월의 신사

가을의 문턱을 넘으면
세상은 누렇게 익어가고
사람의 마음도
한층 부드러워진다

봄에는 설렘이 있었고
여름에는 뜨거운 열정이 있었다
그러나 지금
10월의 바람은
그 모든 것을 품고도
남을 줄 아는 여유를 배웠다

도심의 불빛 아래
늦은 귀갓길을 걷는
한 신사가 있다

그의 손에는
무거운 가방 하나
서류 대신
햅쌀 냄새와
사람의 온기가

조용히 배어 있다

그는 아마
누군가의 아버지이고
누군가의 남편이며
누군가의 친구일 것이다

계절이 익어가듯
그의 삶도 그렇게 익어가
이 도시의 한밤을
따뜻하게 물들인다

은행나무 아래 서서

은행나무 아래 서면
잎새 하나하나
작은 태양처럼 빛나고
땅은 노란 융단처럼
조용히
빛을 깔아놓는다

은행나무 아래 서면
가슴 깊은 자리에서
기쁨이 천천히 일렁이고
사랑은
노란 미소 한 조각
조용히 흘려보낸다

가을의 숨결을 따라
세상이 익어가며
하늘에서 땅으로
빛이 번져
물든다

가녀린 이 마음에도

가을빛 한 줄기 닿아
세상을 향해
따뜻한 사람으로
살아갈 수 있기를
고요히
기도한다

라일락 꽃 질 때면

봄 햇살은 하늘을 닮고
희망은 잊었던 숨결처럼
조용히 피어나네

푸른 대지의 숨이 고이면
동산과 초원 위에
치유라는 꽃이 고요히 스며들고
나는 진한 향기 속을 걷네

자수정 같은 마음 한 조각
보랏빛 그 길에 살며시 젖어 드네

라일락이 지는 저녁이면
묵은 아픔도 바람에 흩어지고
그 자리에 피어날 새봄을
나는 다시 기다리네

그런 사랑을, 그런 봄을

제2부

사람의 온도

나는 배웠다
살아간다는 것은
그 온도를 알아가는 일
서로의 체온에
귀 기울이는 일임을

생일 밥

새벽 별 반짝이면
엄마는
동화책의 마법사처럼
요술 방망이로
세상에서 가장 따뜻한
아침상을 차리셨다

김 모락모락 오른
팥 찰밥에는
깊은 정을
수북이 담고

팔팔 끓는
진한 미역국엔
사랑을
듬뿍 떠 올리셨다

노릇노릇
자반고기에는
행복을 얹고

들기름 향
그윽한 잡채에는
건강을
한 스푼 섞으셨다

그리고 마지막
아무에게도 말하지 않던
비장의 소스
두 손 모아 올리는
사랑의 기도를
밥 속에
살며시 섞으셨다

내가 지금까지
넘어지면서도
다시 일어선 까닭
살아온 날들이
자꾸 따뜻해지는 까닭은

어릴 적부터 먹어 온
엄마의 피와 살

엄마의 사랑 덕분이다

오늘도 나는
그 밥의 온도로
나를 데우고
세상을 향해
나아간다

떡국

추위를 녹여 주는
따뜻한 국물처럼
가슴이 넉넉한 사람이 되게 하소서

쫄깃한 떡처럼
다정함과 친절이
입에 남는 하루를 살게 하소서

그릇 위의 고명들처럼
서로 다른 빛을
겹치지 않고 받아들이게 하소서

나이만 늘지 않고
지혜와 겸손도
함께 자라나게 하소서

오손도손 둘러앉아
국물을 나누듯
복을 나누며
소박하게 살아가게 하소서

노란 카레밥

어릴 적 내가 즐겨 먹던
노란 카레밥이
싹이 되어
벼가 되어
내 마음에 꽃피었다

황금빛 태양처럼
샛노랗게 피어난 들꽃들은
오랜 세월 여물어
달빛처럼 빛났고

접시에 묽게 담긴 카레 소스는
바다처럼 마르지 않는 정으로
고요히
내게 밀려왔다

산에도, 강에도
시에도, 노래에도
어디에서나 꽃은 피지만

세상에서 가장 아름다운 꽃은

따뜻한 꽃밥이며
언제 먹어도 그리운
엄마의 밥이었다

바구니

가을밤,
낙엽이 바람에 흩어지고,
오래된 시골집 벽난로에는 불이 지펴진다.

그 옆에서 약초꾼 할아버지와
오랜만에 놀러 온 손녀가 마주 앉아 있었다.

"사랑스러운 내 손녀야,
만약 너에게 새 바구니 하나가 생긴다면
하루 동안 들과 숲을 다니며
원하는 것을 마음껏 담을 수 있다면,
무엇을 담고 싶으냐?"

손녀는 잠시 생각하다가 말했다.
"향기로운 국화꽃, 잘 익은 사과,
그리고 할아버지 드릴 약초요."

할아버지는 미소 지으며 고개를 끄덕였다.
"그래, 삶도 바구니와 같단다.
그 안에는 무엇이든 담을 수 있지.

믿음과 사랑, 감사와 희망 같은
마음의 약초를 담을 수도 있고,
두려움과 분노, 후회와 미움 같은
마음의 독초를 담을 수도 있단다.

하지만 꼭 기억하렴.
무엇을 담을지는 오직 네가 정하는 거야."

손녀는 눈을 반짝이며 말했다.
"그럼, 저는 제 마음에도 약초를 가득 담을래요."

할아버지는 웃으며 손녀의 머리를 쓰다듬었다.
"그래, 참 좋은 생각이구나.
그 약초들이 네 삶을 향기롭게 해줄 거야."

작은 손

남은 생애는
내 작은 손에
사랑을 담아

아프거나 다친 이들을
돕고
치유하고 싶네

이웃에게
먼저 인사하며
따뜻함을 전하고
가능한 많은 사람에게
미소를
직접 손으로
건네고 싶네

내가 받았던
수많은 이름의
사랑과 은혜를
당신에게도
드리고 싶네

내가 가진
모든 열정과 영혼으로
한 사람의 행복이 되고
세상의
작은 빛이
될 수 있다면
기쁨이겠네

행복은
행복으로 전해지고
빛은
빛으로 이어지는 법

온 우주에
사랑의 씨앗들이
세심한 손길로
보살펴져
아름다워졌으면
좋겠네

사람의 온도

사람은 누구나
조금씩 다른 온도를
지니고 태어난다

누군가는 너무 차가워
자신조차 얼어붙고
누군가는 너무 뜨거워
곁사람을 태워 버린다

나는 배웠다
살아간다는 것은
그 온도를 알아가는 일
서로의 체온에
귀 기울이는 일임을

때로는 손을 내밀어
누군가의 차가운 마음을 데워 주고
때로는 한 걸음 물러서
너무 뜨거운 마음을
식혀 주는 일

그렇게
너와 나의 온도가 만나
적당히 따뜻해지는
그 지점에

사랑이 있고
평화가 있고
사람이 있다

사람의 빛

태양은 매일 새로 떠오르지만
그 빛이 닿는 곳은
언제나 같다
사람의 얼굴
그 위의 미소
그 안의 사랑

누군가는 돌처럼
침묵으로 살고
누군가는 물처럼
흘러가며 산다
그러나 결국
모든 길은
하나의 바다로 모인다

서로의 온기로
서로를 데우며
서로의 눈물로
서로를 닦으며
우리는 그렇게
하나의 빛이 된다

하늘의 별보다
가까운 빛
바로
그대
살아 있는
사람의 빛이다

아버지

빛바랜 낡은 앨범을 펼치다
나는 깨달았습니다
세상에서 가장 따뜻하고
거룩한 미소는
아버지의 미소였다는 것을

어릴 적 운동회 날이면
그날만은 엄마보다
튼튼하고 듬직한
아버지의 손을 잡고
함께 가는 게 좋았습니다

손재주가 좋으셨던 아버지는
사랑도 뚝딱 만들어 내셨습니다
쓰고 거친 음식은 늘 당신이 드시고
달콤하고 부드러운 것은
언제나 제 몫이었습니다

늦은 밤 야근을 마치고
집에 돌아오실 때면
손에는 항상 무언가 들려있었지요

그날이 오기만을 기다렸지만
그땐 몰랐습니다
당신의 허기와 배고픔을

나를 목말 태우시던
젊은 날의 어깨
그 단단한 허리는 세월 속에 닳아
이제는 잠드실 때마다
작은 신음이 흘러나옵니다

동네에서 '효자'라 불리던 아버지
아침이면 모락모락 김 오르는
새 밥을 지어
비가 오나 눈이 오나
매일 같이 할머니 댁으로
가져가던 그 모습이
아직도 선합니다

아버지는 그 존재만으로도
뿌리 깊은 나무였고
든든한 보디가드였으며

나의 우주였습니다

아직 아버지가 되어보지 못한 나는
그런 아버지를 닮고 싶습니다
그런 아버지가 되고 싶습니다

끝없이 밀려오는 파도처럼
고래 등 같은 바다처럼
화석 위에 피어난 꽃처럼

당신의 끝없는 사랑이
내 마음속에
따스한 봄처럼
스며듭니다

시 짓는 할머니

칠십 평생
글 한 자 모르던 임 할머니가
한글 교실로 발걸음을 옮기셨다.

처음엔 서툴던 손끝,
자음과 모음을 배우며
조용히 빛을 찾아갔다.

1년이 지나, 할머니는 말했다.
"이제 나도 시를 써보고 싶네."

나는 웃으며 대답했다.
"마음속 이야기를 그대로 적으세요.
그게 시예요."

그러나 나는 알고 있었다.
그분의 세월,
그 눈물과 바람,
그 모든 날이
이미
살아 있는
한 편의 시라는 것을.

갈치구이

아버지가 구워주던 갈치는
바다를 한 점씩 떼어다
우리 식탁 위에 올려놓는 일 같았다
은빛 비늘이 불에 스칠 때마다
집 안에는
짭조름한 사랑의 냄새가 번졌다

어릴 적 나는
입맛이 없어도
그 갈치만은 삼켰다
몸보다 마음이 먼저
따뜻해지던 생선,
매일 먹어도 질리지 않는
나만의 오래된 보석이었다

이제는 어린 조카가
그 갈치를 맛있다고 웃는다
입에서 입으로,
손에서 손으로
한 집안의 시간이 이어지는 건
참 오래된 기적이다

문득 생각한다
갈치구이처럼
누구에게나 반가운 사람으로
살아왔는가
내 삶에서 나는
얼마나 향기로운 사람이었나

그래서 나는 오늘도
생의 쓴 비늘을 벗기고
뒤집고
굽는다
타지 않게,
너무 덜 익지도 않게,
누군가의 기억 속에
따뜻한 냄새 한 조각
남기기 위해

구두를 닦으며

신발장에서 꺼낸
묵은 구두 한 켤레
먼지를 털고, 약을 바르고
조용히 광을 내며
나의 마음도
꺼내어 봅니다

온갖 길을 함께 걸으며
흙탕물에 젖고
돌부리에 긁히던 구두처럼
나의 길도
상처로 얼룩졌습니다

그러나 오늘
닳은 가죽을
부드럽게 닦아내듯
슬픔은 어루만지고
아픔은 토닥이며
다시
나를 다독입니다

낡은 구두도
연약한 마음도
정성으로 닦아주면
빛이 나고
다시
걸을 힘이 생깁니다

참새

가을 들판을 넘나들며
포동포동 살찐 참새들이
담장 아래 모여
노래하고
춤을 춥니다

참새 한 마리
전깃줄에 앉으면
그 줄은
잠시
참새의 가지가 되고

길에 내려앉으면
그 길도
참새의 마당이 됩니다

서로의 움직임을 따라
날고, 머물고
어깨를 맞댄 채
작은 체온으로
세상을 덥히는 모습이

참으로
참스럽습니다

인간의 눈길에서
조금씩 멀어지고
잊혀가는 것들

정겨움,
다정함,
함께함 같은 것들을

참새들은
아무 말 없이
오늘도
잊지 않고 있습니다.

연탄 창고

사람이라면 누구나
가슴 한편에
작은 불씨 하나쯤은
품고 살아갑니다

스스로 알든 모르든
우리는
사랑의 불씨를 지펴
이름 모를 추위와 눈물 속에서도
누군가의 밤을 밝히며
조용히
타들어갑니다

한 평 남짓한
작은 공간에
세상에서 가장 따뜻한 것들이
하나둘 모이면
그곳은
검은 보석이 되고
눈부신 꽃밭이 됩니다

겨울이 왔습니다
세상은 차갑지만
이 계절은
가장 높이 타오르고
가장 깊이 빛나며
가장 아름답게
피어날 시간입니다

빈 의자

내가 좋아하는 건
귀족의 화려함보다
민중의 소박함이 담긴
그런 모습의 의자

금빛으로 빛나는
새 물건보다
어버이의 손때 배인
그 묵은 것

영화나 동화 같은
영웅의 서사보다
세찬 바람과 험한 물결을 견뎌온
아버지의
정직한 손 같은 것

도심 속의
아름다운 인공 정원보다
마을 뒷산의
숲길 같은 것

다채롭지 않으나 담박하고
사치스럽지 않으나 수수한

내가 좋아하는 건
불필요한 것들을 덜어낸
자유롭고 편안한
그런
빈 의자

남산의 미소

신라의 숨결이 스며 있는
경주 남산에는
천 년이 지나도 변함없이
빛나는 미소가 있습니다

나눌수록 깊어지고
받을수록 닮아 가는
돌아서면 다시 생각나는
그런 미소가 있습니다

소나무 가지 끝마다
미소가 매달려 있고
벼랑 끝 돌탑 위에도
미소 꽃이 피어납니다

산이 말합니다
참 고운 당신
오늘도
내일도
미소 지으라고

어린아이처럼

아이의 예쁜 눈망울에는
푸른 하늘이 있고,
희망이 있고,
봄이 있다.

아이의 아름다운 미소에는
행복이 있고,
지혜가 있고,
사랑이 있다.

아이의 보드라운 손에는
순결이 있고,
평화가 있고,
미래가 있다.

어린아이처럼,
인생을 신나게 뛰놀며
해맑게 살아갈 수 있다면
그곳이 바로
천국 아닐까.

동심(童心)

5월의 거리에는
아이들의 웃음이 먼저 도착한다

부모의 손을 잡고 걷는 발걸음마다
도시는 잠시
낮아진다

알록달록한 우산 아래
서로를 부르느라 바쁜 목소리들
그 사이로
봄은 다시
태어난다

사람이 많아 좋다며
웃던 어머니의 얼굴에서
나는 알았다

나이는 늘어나도
마음은
다시 아이가 될 수 있다는 것을

동심은
사라지는 것이 아니라
기억해 내는 일이라는 것을

제3부

침묵의 순서

우리는
사라지는 기술을 애도하는 것이 아니라
아무 말도 하지 않는
그들의 침묵 앞에
잠시 서 있을 뿐이다.

비무장지대 02

한 뱃속에서
나고 자란 우리가
서로의 목에
총과 칼을 겨누던 그날

포탄의 불꽃이 터지고
흙과 피가 뒤섞여
하늘빛마저
울먹이던 날
끝내 씻기지 못한 상처가
대지 위에
길이 되었다

원망의 길
증오의 길
복수의 길
저주의 길
분단의 길
그리고
인고의 길

그러나

죽은 자리마다
다시 피어나는 들꽃처럼
앙상한 가지 사이로
새봄의 바람이
스며들 듯

이제는
우리 가슴마다
한 알의 희망을 품고
다시 태어날
새 터전, 새날을 위해
조용히
노래하면 좋겠다.

내 이름은 소녀입니다
— 위안부 피해자 추모 시

끝나지 않은 시간 속에서
피해자로 살아온 사람
내 이름은 소녀입니다

꽃봉오리조차 열기 전에
시들어야 했던 시간
내 이름은 청춘입니다

날아오를 기회조차 없이
꺾이고 짓밟힌 삶
내 이름은 상처입니다

계절이 오고 갔어도
아무도 부르지 않았던
내 이름은 무관심입니다

이 목숨이 다하기 전에
바라는 것은 단 하나
진심 어린 사죄
그리고
진실입니다.

깃발을 깨워라

깃발을 깨워라
잠든 기쁨을 흔들어 깨우고
감사의 불을 다시 지펴라

깃발을 높여라
희망의 노래가
하늘 끝에 닿도록

깃발을 흔들어라
흩어진 삶들이
하나로 이어질 때까지

깃발이 되어 일어서라
사랑을 말하지 말고
사랑으로 맞서라

깃발로 살아라
물처럼 부드럽게
바람처럼 자유롭게

평화의 이름으로

전쟁은
총알 소리로 시작되지만
평화는
아기의 울음으로 시작된다

평화는
멀리 있는 깃발이 아니라
오늘
내 손끝에서 피는
작은 꽃 한 송이

누군가의 마음을
먼저 이해하려는
그 한 걸음 속에

쓰러진 이를
일으켜 세우는
따뜻한 손바닥 안에

우리가 잊고 사는
'미안합니다'와 '고맙습니다'

그 두 마디 속에 있다

평화는
언제나
사람의 얼굴을 하고 있다

전쟁보다 더 큰 용기는
누군가를 미워하지 않는 마음이며
승리보다 더 위대한 일은
누군가를 사랑하는 일이다

나는 오늘도
작은 등불 하나를 켠다
어둠이 물러나지 않아도
그 불빛이
누군가의 길을
조금이라도 밝힌다면

그게 바로
평화다

바다의 등불
— 성웅(聖雄) 이순신

바다는 알고 있다.
그 깊은 푸름 속에
한 사람의 고독이 얼마나 무거웠는지를.

검은 파도에 몸을 실으며
그는 자신을 스스로 다스렸다.
백성의 생명을 위해
두려움조차 벗어던졌다.

밤마다 군막에 홀로 앉아
하늘을 향해 붓을 들던 그 손,
그 한 줄의 일기가
이 나라의 혼이 되었다.

불타는 함선 속에서도
그는 희망을 놓지 않았다.
"아직 나에게 열두 척의 배가 있다."
그 한마디,
천둥보다 더 큰 기도의 울림이었다.

지금도 남해의 바람은

그의 이름을 부른다.
파도는 망각을 거부하고,
소나무는 충절로 푸르다.

이순신,
당신은 한 시대의 장군이 아니라
모든 시대의 마음에 남은
한 줄기 등불이다.

진주성 석양

촉석루 아래
남강에 짙게 물든
붉은 석양은
논개의 충절을 비추고

공북문 위
타오르듯 번진 구름은
김시민의 한을 닮았네

누각과 성벽을
스치는 바람 속엔
그날의 함성이 서려 있고
고목과 고석마다
승리의 기쁨과
아픔이 잠들어 있네

진주의 젖줄, 남강은
동서로 흐르며
대자연의 품 안에
우뚝 선 진주성을 감싸네

의병의 혼이 스민 이 자리
남강의 물은
그날처럼
지금도
맑고 푸르네.

종묘

백악산 아래
길지에 무궁화 피니
그 향기
천년 세월을 품어
만 리로 번지누나

정전의 월대는
하늘의 구름이요
장대한 열주는
우주를 받치고 있도다

끝없이 펼쳐진 천문은
하늘과 땅을 잇는 다리
춘추에 풍악이 울리면
천지가 문을 열고

기와지붕 위로
새들이 날아든다
왕조의 혼은
바람 되어 오가며

해동의 무궁화꽃
그 빛
더없이 찬란하도다

해남 대홍사

백두대간의 혈맥이
서쪽 끝에 닿아
여덟 개의 봉우리가
연꽃처럼 둘러앉은
그 자리에
꽃처럼 피어난
해남 대홍사

대홍사로 드는
숲길을 걸으면
하늘처럼 푸른 마음과
바다처럼 넓은 마음이
천천히
하나로 만난다

마음속 번뇌는
물소리를 따라
금당천에 씻어 보내고
삼존불 앞에 서면
천년을 건너온
바람의 미소가

내 마음을
가만히 흔든다

두륜산의 꽃구름은
법당의 지붕을 덮고
부도전 돌담에 남은
서산대사의 얼과 혼은
목마른
벌과 나비를
부른다

개울가에 앉아
잠시 숨을 고르고
마음의 짐을 내려놓을 때
대흥사의 품 안에서
나는 다시
나를 만난다

해인사 가는 길

들에 핀 야생화도
길을 스치는 바람도
세상을 깨우는 범종도
밤하늘의 별꽃들도

모든 것은
물결이며
단 하나의 우주다

삶에도
인생에도
가장 아름다운 길이 있다면

당신이
사랑하는 삶을 살고
당신이 사는 삶을
사랑하는 것

자기 자신이
자기 주인이 되는 삶

그것만이
누구나 걸어야 할
단 하나의 길이다

황소의 노래

햇살은 이마 위로
뜨겁게 내려앉고
땀방울은
흙냄새와 섞여
하루를 적신다

땅은 그를 품고
그는 땅을 일군다
묵묵히
제 길 위에서
세상을 짊어진다

그는 말이 없다
그러나
그의 침묵 속엔
수천 번의 노래가 흐르고
그의 눈동자 안엔
자비와 고통이
함께 산다

별이 뜨면

그는
달을 향해 운다
그 울음소리
산사의 종소리처럼
맑고
오래 울린다

아침이 다시 밝으면
그는 또 걷는다
땅의 무게를 등에 지고
하늘의 빛을
품은 채

세상을 이끄는 것들

아침을 먼저 여는 사람들은
대개
이름이 불리지 않는다

버스는 늘 같은 시간에 도착하고
가게의 셔터는
어제와 다르지 않게 올라간다

그 반복 속에서
누군가는 계산대를 지키고
누군가는 바닥을 쓸고
누군가는 하루치의 체력을
조용히 나눠 쓴다

이들은
세상을 바꾸겠다고 말하지 않지만
하루를 무너뜨리지 않기 위해
자기 자리를 비우지 않는다

비를 맞아도
자리를 옮기지 않고

불합리 앞에서
쉽게 사라지지 않는 얼굴들

세상을 이끄는 것은
앞에 선 이름들이 아니라
뒤에서
하루를 끝까지 버텨낸 사람들

그들이 내일도
같은 자리로 돌아올 때
세상은
아무 일 없었다는 듯
다시 굴러간다

중독의 사회

이 사회는
필요보다 먼저
욕망을 공급한다.

손이 비기 전에
화면을 채우고,
생각이 자라기 전에
답을 내놓는다.

새로운 아침은
태양의 빛이 아니라
손에 쥐어진
빛의 물결에서 시작된다.

거리는
부지런히 고개를 숙여
연결에 접속하려는
사람들로 붐비고,
허기진 갈증을 찾아
하루의 여정을
이어간다.

멈춤은 지루함이 되고,
침묵은 결핍이 되며,
기다림은
낭비로 분류된다.

우리는
원해서가 아니라
끊기면 불안해지기 때문에
계속 연결된다.

이 중독은
술이나 약처럼
갑작스럽지 않다.

천천히
생활이 되고,
습관이 되고,
마침내
성격이 된다.

손은 빨라졌지만
생각은 흐려지고,
더 잘 느끼지만
감정은 무뎌지며,
풍부해졌지만
결핍은 깊어졌다.

속도만 남은 세계에서
사람은
자주 도착하지 못한다.

우리는
연결된 채로 고립되고,
알고 있는 채로
아무것도 이해하지 못한다.

중독된 것은
개인이 아니라
이 방식을
정상이라 부르는 사회.

그리고
아무도 강요하지 않았다는 말로
책임은
늘 공중에 남는다.

골드러시

땅을 파던 시대는 끝났지만
사람들은 여전히
무언가를 성실히 캐고 있다.

빛나는 것은
황금이 아니라
숫자로 표현되는
욕망이다.

황금의 시대에는
작은 기쁨도
가격표가 붙고
작은 슬픔에도
가격이 매겨진다.

양심은
투자 가치가 없다는 이유로
가장 먼저 매각되고,
미래라는 이름의 욕망이
현재를 담보로 잡는다.

사람은
사람을 만나기보다
조건을 확인하고
마음은
계약서의 부속 항목이 된다.

이 시대에서
성공은 증명해야 할 것이고
실패는
존재의 결함처럼 취급된다.

행복의 끝을 찾아
지나온 길에서
나는 잠깐 묻는다.
우리가 흘린
소중한 것들에 관하여.

금은
손에 남지만
온기는
마음에 남는다.

더 많이 가지고 있든,
아무것도 가지지 못하든,
사람은
사람을 통해서만
살아갈 수 있다.

사람은
소유가 아니라
사랑을
먹고 산다.

멀지 않은 시대

아침에 눈을 뜨면
일어나라는 말보다
이미 준비되었다는 알림이 먼저 온다

오늘 해야 할 일은 없다
해야 할 일이 사라진 지
꽤 오래되었기 때문이다

계좌에는
매달 같은 숫자가 찍히고
소유자들에 의해
가끔은
특별 보너스처럼
정체를 알 수 없는 숫자가 배급된다

그 숫자가
내 하루를
대신 설명한다

거리에는 사람이 있지만
일터로 향하는 발걸음은 없다

대신
점검 중인 로봇과
업데이트 중인 건물들이
도시를 움직인다

점심은 혼자 먹는다
굳이 혼자라서가 아니라
누군가를 만날 이유가
줄어들었기 때문이다

대화는 언제든 가능하지만
대답은
항상 너무 정확해서
말을 이어갈 틈이 없다

오후에는
무엇이든 배울 수 있다
그러나
배워서 무엇이 될지는
이미 정해져 있지 않다

나는
쓸모없는 것을 오래 붙잡아 본다
낡은 사진,
손 글씨,
말하다 멈춘 문장들

저녁이 되면
사람을 만난다
서툴게 웃고
말을 더듬고
침묵을 견디는 시간

그 순간에만
나는
대체되지 않았다는 느낌을 받는다

이 시대에서
내가 하는 가장 중요한 일은
아무 생산도 하지 않는 시간에
누군가의 얼굴을
끝까지 바라보는 것

집으로 돌아오는 길에
문득 생각한다
우리가 잃은 것이 너무 많아
서로를 다시 배워야 하는 시대가
온 것은 아닐까

AGI는
모든 일을 대신하지만
오늘도
나를 대신 살아주지는 않는다

그래서 나는
내일도
사람을 만나러 나갈 것이다

일이 없어진 시대에
사람으로 남기 위해

개: 분노에 대하여

개가 물고 뜯는 일을
본능이라 부를 수 있다면,
피 냄새에 눈이 뒤집히는 것도
운명이라 할 수 있다.
그러나
사람도 그러한가.

사람의 분노는
개보다 먼저 이빨을 드러낸다.
말이라는 칼날로
살을 베고,
침묵이라는 독으로
마음을 죽인다.

나는 보았다.
개에게 물린 상처는 아물었지만,
사람에게 물린 마음은
검게 곪아
제 스스로를 파먹는 것을.

분노는

한 사람의 가슴에서 자라
불안의 집을 기어오르고,
골목의 벽을 핥으며,
도시의 심장을 훔쳐
하나의 괴물이 된다.

그 괴물은
짖지 않는다.
대신
부드러운 얼굴을 하고
조용히 목덜미를 문다.
상처는 겉으로 보이지 않지만
밤이면 깊게 벌어진다.

달빛 아래에서
도시는 오늘도
울음인지
비명인지 모를 소리로
서로를 물어뜯는다.
사람은 개의 그림자를 빌려
자기 속의 어둠을 풀어놓는다.

그러나 나는 안다.
이 잔혹한 개는
태어난 적이 없다.
우리가 용서받지 못한 분노와
버리지 못한 상처와
키워온 두려움이
한데 엉켜 만들어낸
흑빛의 심장이다.

개가 문 것이 아니다.
사람이 사람을 물기 위해
스스로 길러낸
어둠의 짐승일 뿐이다.

침묵의 순서

낡은 방 한구석,
모시의 마지막 올이
주인의 손길을 기다리다
빛을 잃고 눕는다.
베틀은 더 이상
소리를 만들지 않는다.

갓의 둥근 윤곽을 떠받치던 말총은
제 모양을 잊었고,
받침 위의 뼈대는
접힌 날개처럼
움직이지 않는다.

장인이 놓고 간 바디틀과 석칼 사이로
대나무의 푸른 기운만 남아
공방의 온기를 대신한다.

기술은 죽지 않는다.
다만
그 기술을 지키던
사람의 기억에서

먼저 사라진다.

우리는
사라지는 기술을 애도하는 것이 아니라
아무 말도 하지 않는,
그들의 침묵 앞에
잠시 서 있을 뿐이다.

그리고 문득,
그 침묵이
우리 얼굴 위에 내려앉아
이미
다음 순서가
우리라는 것을 알게 한다.

제4부

아직 쓰이지 않은 글

글의 온도를 통해
사람의 체온을 느끼는 법만은
잊지 않게 되었다

그리고
우리의 빛과 그림자를
오래 들여다보는 법을
알게 되었다

나를 묻는 마음

어릴 적의 나는
웃음 속에 살았다
그러나 그 웃음이
참 나였는지
나는 아직도 모른다

나는 누구인가
붙여진 이름들,
역할과 표정들 사이에서
거울에 비친 나와
걸어가는 내가
어긋나던 날들

나는 무엇을 아는가
지식은 바람처럼 스쳐 가고
생각은 그림자처럼 흔들린다
그래도 깊은 곳,
고요가 고요를 부르는 자리에서
작은 등불처럼
마음 하나가 살아 있다

나는 어떻게 살아야 하는가
먼 내일의 큰 말보다
오늘 한 사람에게 내미는 손,
날카로운 말 대신
침묵 한 줌의 따뜻함,
먼 길을 재기보다
지금 여기
한 걸음의 성실

흐르는 것들을
억지로 붙잡지 않고
떠나는 것들을
미움 없이 보내며

사랑으로,
자비로,
맑고 향기롭게

내 삶에 필요한 것들

내 삶에 필요한 것은
거창한 성공이 아니라
서로의 눈빛을 알아보는
사람 한 사람

때로는 아무 말 없이
곁을 지켜주는
조용한 침묵 하나

긴 하루 끝에
어깨를 토닥여주는
따뜻한 손길 하나

내 삶에 필요한 것은
화려한 이름이 아니라
아침에 눈을 뜰 때
감사할 마음 하나

그리고
오늘을 다시 살아낼
용기 한 줌

설날

새해 첫 아침은
함박웃음과 고운 미소로
맑게 피어나는 날

작은 소망과 희망들이
한 우주에 옹기종기 모여
복을 빚고
더하는 날

어둠이 짙게 내린 저녁엔
서로의 허기와 상처를 덮으며
정이 되고
별이 되는 날

깊은 꿈속에서도
마음과 마음이 닿아
새 여명이
밝아오는 날

나의 길

길의 주인은 나이고
그 길은 곧 나다

무수한 갈림길 속에서
오직 한 길만이
나의 유일한 길이며
가장 아름다운 꽃길이다

흙길, 돌길,
산길과 바닷길,
하늘길과 바람길
모든 길에는
그 나름의 의미와 가치가 있지만

내가 선택한 나의 길이
가장 사랑스럽고
소중한 길이다

걸으면 길이 되고
마음을 키우면 사랑이 되듯
길은 머물지 않고

멈추어 있지 않다

불어오는 바람처럼
흐르는 물처럼
끊임없이 변화하며
자기만의 발걸음에
집중하는 일

그것이 곧
나의 길이다

일주일의 마음

월요일,
단순하게 살아보리라
정말로 필요한 것들과
진짜 소중한 이들만
품으리라

화요일,
천천히 걸어보리라
걱정과 근심은 내려놓고
바람 속에서
나를 느껴보리라

수요일,
노래하리라
용감하고 당당하게
후회 없는 하루를
부르리라

목요일,
나누리라
작은 미소 하나라도

누군가의 하루를 밝히는
빛이 되리라

금요일,
배우리라
삶이 가르쳐주는 말들을
조용히
마음에 새기리라

토요일,
멈추어 쉬리라
나를 돌아보고
고요 속에
머무르리라

일요일,
사랑하리라
오늘이 마지막인 것처럼
뜨겁고 아름답게
살아보리라

새해 첫날에는

새해 첫날에는
가장 곱고 아름다운 마음으로
세상을 맞이할 일이다

묵은 때를 털고
새집에 새 기와를 얹듯
맑고 청정하게
시작할 일이다

지난밤의 실수와 과오는
야무지게 다듬어
묻어 두고
새 아침엔
새 빛으로
걸어갈 일이다

동전 한 닢에
울고 웃는 세상이지만
오늘만큼은
넉넉한 미소로
반길 일이다

춥고 고단한 하루 속에서도
매일매일
꽃을 피우듯
꿈꾸고
설렐 일이다

작은 방 한쪽
서로의 온기로 잠든
어린나무와 별들을 바라보며
감사하고
사랑할 일이다

그리고 마지막으로
기쁨과 행복으로
하루를
맞이할 일이다

새해 소망

솟아오르는 첫해와 더불어
형형색색의 수많은
꿈과 소망이
어둠을 깨웁니다

누군가의
사랑의 빛
행복의 빛
평화의 빛
믿음의 빛
치유의 빛

해처럼 밝게 퍼져
저 너머 수평선을 넘어
세상 구석구석을
물들입니다

그 빛들이
긴 밤을 지나
찬란한 새벽처럼
각자의 걸음으로

다시
앞으로 나아가길

나는 오늘
조용히
바라봅니다.

정월 正月

오늘처럼
맑고 환한 밤에는
붉게 핀 홍매화처럼
사랑으로
물들고 싶다

오늘처럼
정다운 날에는
따뜻한 밥이 되고
밤하늘의 별이 되어
하늘을 나는 고래가 되어
그대 곁으로
가고 싶다

오늘처럼
그리운 날에는
내 마음에
등불을 켜고
그 불빛 아래
긴 밤을
지새우고 싶다

청소

새해 첫날
묵은 먼지를 털어내고
바닥을 쓸고 닦는다
더러운 것들은
말없이 씻겨 나간다

내 안에 남은
아픈 자리들도
같은 방식으로
조용히 씻어 두면
그 자리에
싱그러운 꽃이 피고
봄은
스스로 온다

백지 白紙

어릴 적
누군가 내게 말하길

너는
햇살이 되어라
바다가 되어라
하였습니다

세월이 흘러
어른이 된 뒤
세상이 내게 말하길

너는
사랑이 되어라
아픔이 되어라
하였습니다

나는
그 말들을
마음 깊이
간직했습니다

그래서 이제
나는
욕심을 비우고
하얀 종이처럼
맑은 마음이
되기로 하였습니다

행복 나무

싱싱한 싹을 키우는 마음으로
소중한 꿈을 틔우고

하늘 높이 자라는 기분으로
따뜻한 사랑을 나누며

새와 바람의 친구처럼
웃음과 미소로 함께하고

세월이 흐를수록
더 아름답고
더 향기로운
나의 나무

그 나무의 뿌리에는
언제나
사람의 온기가 흐른다

이제 너에게 말해 주고 싶다

한적한 밤바다의 항구를
붉은 횃불처럼 환히 비추는
그런 사람이 있습니다

갈매기의 다정한 친구가 되어
바람과 물결의 짝이 되어
길을 밝히는 등대처럼
늘 그 자리에 서 있는 사람

밤하늘에 둥근 달이 떠오르면
달빛처럼 고운 미소로
바다 위에 한 송이 꽃처럼
더욱 눈부시게 피어나는 사람

이제
말하고 싶습니다
그런 사람이
지금 이 순간
내 곁에서
온 세상을
환히 비추고 있음을

행복의 의미

비 갠 여름날
싱그럽게 피어난 수국 사이로
해맑은 미소가 피어난다

이른 아침
꽃내음 가득한 공원길에서
노래하는 새들 사이로
달콤한 속삭임이 들려온다

구름 한 점 없이
푸른 바다보다 더 맑은 하늘 위로
순수하고 뜨거웠던
지난 사랑이
은은히 비친다

바람은 말한다
이 모든 것이
덧없고 허무하다고

그러나 나는 노래한다
내 마음 깊은 곳에

불꽃처럼 타오르는 사랑
별빛처럼 남아 있는
그 마음이
아직 살아 있다면

그곳이 바로
행복이라고

빗길을 걸으며

장마가 시작된 여름
빗길을 걸으며
나는 생각합니다

저 나약하고 여린 것이
어떻게 흐르고 흘러
샘이 되고
강이 되는가를

머리 위로 떨어지는
수많은 빗방울을 바라보다
문득
깨닫습니다

흙처럼 흔하고
바람처럼 가벼운 것이
어느새
사랑이 되고
그리움이 된다는 것을

깃털처럼 가볍고

새순처럼 여린 것이
몸부림치며
내 가슴으로
쏟아집니다

바탕이 순박하고
더없이 청초하게 내리는
꽃비가
나에게
속삭입니다

가장 낮은 곳으로
가장 깊은 곳으로
흐르며
적시라고

목화

가을 햇살이 들면
꽃이 진 자리마다
또 다른 생명이 피어난다.

포근한 엄마의 품처럼
살냄새가 묻은 하얀 솜,
하늘의 구름이 내려앉은 듯
보드랍고 순한 꽃이 된다.

그대는 알까
이 순백의 꽃이
얼마나 많은 여름을 견디고
얼마나 많은 바람을 품었는지.

마른 가지 끝에서조차
끝내 자신을 태워
누군가의 겨울을 덮어주는 꽃,
그 이름이 목화다.

나는 오늘,
그 하얀 숨결을 바라보며 배운다.

사랑이란
불타는 것이 아니라
조용히 따뜻해지는 것임을.

창문 너머

새집에 들어서면
가장 먼저 궁금했죠
창문 너머로
무엇이 보일까

화창한 날이면
푸른 하늘과 흰 구름이
내게 웃음을 건네고

비바람 몰아치던 날엔
꽃잎은 흩어지고
가지는 앙상히 떨고 있었죠

삶의 화폭도
그와 다르지 않더군요
좋은 날이 있으면
흐린 날도 있는 법

겨울이 오면
곧 봄이 오듯
비 그친 오후엔

맑은 하늘이 찾아오죠

내가 아는 비밀은
서둘러
낙관도, 비관도 하지 않고
주어진 풍경을
조용히 바라보는 일

그리고
그 위에
자신만의 색을 얹는 일
끝내
아름답게 완성되길
기다리는 일

호두

자연의 보살핌 속에서
찢긴 자리를 스스로 메우며
더 단단해진 껍질처럼
하나뿐인 내 삶도
오래 쓰이며
조금씩 성숙해진다

씨앗 하나가
작은 우주를 품고
푸르게 자라나듯
마음에도
말없이 커지는 사랑과
접히지 않은 꿈이 있다

열매가 둥글게 굴러가듯
삶도
돌고 돌아
다시 제자리에 온다

그 길 위에서
욕심을 내려놓고

희망을 남기고
조용한 마음을 심을 때
행복은
뒤따라 굴러온다

산을 오르는 법

필요한 것들만
가볍게 꾸려
기도하듯
마음을 열어라

첫 이정표 앞에서
"할 수 있다"라는 믿음을 품고
너무 멀리도
너무 빨리도 가지 말라
한 걸음, 한 걸음
지금 여기에
머물러라

길 위에서
사람을 만나면
먼저 인사하고
따뜻이 미소 지어라
바람과 햇살
나무와 꽃, 새들과의
작은 만남을
즐겨라

살아 있음을 느끼며
숨 쉬고
웃고
사랑하라

오르다 보면
숨이 차고
땀이 흐르고
잠시
멈추고 싶을 때도
있을 것이다
그럴 땐
하늘을 올려다보고
조용히
자신을 다독여라

큰 바위를 만나면
고개를 숙여라
겸손히
천천히

지나가라

정상에 닿으면
네 영혼을
부드럽게 안고
"수고했다"
속삭여라

그리고 돌아오는 길에는
지나온 모든 순간을
감사로
채워라.

탄생
—누나에게 바치는 시

작은 별 하나가
세상에 오기까지
266일의 기다림이 있었다

어둠을 밀어내고
첫울음을 터뜨린 순간,
하나의 우주가
문을 열었다

누나는 그 곁에서
조용히 말했다

"무사히 와줘서
고맙다."

그날 밤,
세상의 모든 별이
아기 숨결에 맞춰
반짝였다

흉터에 관하여

흉터 없는 삶이 있을까
오래 살아남은 고목에도
세월의 상처가 새겨져 있고
작은 물방울이 모여
마침내 바다로 흐르듯
흉터 없는 삶은 없다

그 흔적들을
외면하고 피할수록
사나운 어둠은
더 깊이 파고들어
내 안 깊숙한 곳을
아리게 했다

그러나
흉터로 살아낸 날들을
부끄러워하지 않고
생의 순간마다
그 자리를 들여다볼 때
삶은
다시 빛났다

흉터를 뒤집어 보면
아픔의 그림자가 아니라
빛이 스며드는 통로
피부에 새겨진
한 줄기 축복이 된다

흉터는
지울 수 없지만
그 흉터를 비추는
마음의 어둠은
언제든
빛으로 바뀔 수 있다

그림자와 나

그림자는
언제나 나보다 한 걸음 뒤에서
조용히 나를 따라왔다.

처음엔
그 어둠이 나를 붙잡으려는 듯 보여
빛이 있는 곳으로만
서둘러 걸어가곤 했다.

그러나 어느 날,
그림자가 멈춰 선 자리에 서서
천천히 뒤돌아보았다.
그림자는 나를 해치려는 존재가 아니라
내가 버리고 온 마음들이 모여
만들어진 또 하나의 나였다.

지우려 할수록 짙어지고,
도망칠수록 길어지는
묵묵한 언어.

그제야 알았다.

그림자는 나의 약함이 아니라
맡겨진 마음의 무게였음을.
빛을 잃지 않기 위해
어둠을 거느리고 걸어온
날들의 기록이었음을.

이제 나는
그림자와 나란히 걷는다.
그림자가 길어질 때면
심장이 조금 더 깊어지고,
그림자가 짧아질 때면
내 마음도 조금 가벼워진다.

그림자를 버리려 하지 않는다.
그림자가 없다는 것은
내가 더 이상
이 땅을 딛고 서 있지 않다는 뜻이니까.

그림자와 나는
세상의 빛 아래
서로를 잃지 않기 위해
조용한 동행을 계속한다.

성탄의 밤

성탄의 밤,
나무는 화려하고 다채로운
도시의 불빛을 입고
광장의 중심에 서 있다.

거리의 나무가
더 높이, 더 밝게 빛날수록
사람들은 환호하지만,

성탄의 빛은
높고 낮음을 가리지 않고
기쁨과 슬픔도 구분 없이
세상의 가장 낮고
가장 깊은 곳으로 향한다.

겨울 눈보라에도
자리를 지키며
찬란한 별들로
다시 태어난
저 생명의 나무처럼,

차가운 심장을 잇는
마음과 마음의 틈 사이로
뿌리 깊은 사랑이
작은 불씨처럼
샘솟기를
나는 소망한다.

나무가 가르쳐 준 것은
밤이 깊을수록
별은 더 밝아지고,
바람이 거셀수록
생명은
더 단단히 빛난다는 것이다.

올해의 성탄은
도시의 화려한 빛보다
마음을 잇는
은총의 불씨가
이 땅에
깊이 뿌리내리기를.

주황빛 강태공

바람이 스며드는 저녁
주황 불빛을 걸친 강태공들이
다시 거리로 내려앉는다

작은 틀 속
반죽이 숨 쉬며 몸을 뒤척이고
황금 물고기들은
서로의 체온을 나누며 익어간다

밤이 깊을수록
강태공의 손끝은 더욱 유려해지고
구수한 향기는
골목마다 포근히 번진다

갓 건져 올린 복 한입
사람들은 웃음으로 나누며
붉은 행운을
별처럼 흩뿌린다

그 별빛은
겨울의 골목마다 스며

작은 온기를
피워 올린다

한글

스물네 자로 이루어진
대한의 혼이 서린
동방의 아름다운 보물
한글

사랑으로 지어지고
사랑으로 태어나
사랑으로 꽃피운
사랑의 문자

남녀노소
빈부귀천
차별도 구분도 없이
모두에게 열려있는
자유와 평등의 문자

세상에서 가장 아름다운 말
"사랑합니다"
"감사합니다"
"미안합니다"

그 말을
가장 쉽게 익히고
가장 먼저 배울 수 있는
위대한 문자

스물네 자 자모로
자연과 사람을 잇고
마음과 마음을 이어
행복을 전하는
세계인의 언어

우리의 자랑
한글

제때 물러나는 일

가을의 끝에서
잎은 더 붙들지 않는다.
남아 있으려 애쓰는 대신
자기 색을 다 쓰고
스스로의 무게로 내려온다.

붙어 있을 때보다
떨어질 때
비로소
자신의 온도를 아는 듯하다.

바람은 이유를 묻지 않고,
땅은 답을 요구하지 않는다.
존재는 그렇게
허락 없이 시작되었고
변명 없이 마무리된다.

겹겹이 내려앉은 잎들 사이에서
나는 알게 된다.
머문다는 것은
사라지지 않는 일이 아니라

다음 자리를 비워 주는 일임을.

밟히는 소리 속에도
저항은 없고,
흩어짐 속에도
후회는 없다.

이 계절이
나에게 가르쳐 준 것은
찬란함보다
제때 물러나는 용기,

그리고
사라짐마저
한 생의 방식이 될 수 있다는
조용한 진실이다

아무 날도 아닌 어느 날

아무 날도 아닌 어느 날
집으로 가는 길에
동네 꽃집 앞을 지나며
가장 해맑고 예쁘게 핀
꽃 한 다발을
골라 들었습니다

"고맙다"라는 말
"사랑한다"라는 말
그리고
"미안하다"라는 말을
가슴 깊이 담아
그대에게
향합니다

세상에는
수많은 꽃이 피고
아름다운 향기로 가득하지만
나를 설레게 하고
기쁘게 하는
영원한 꽃은

그대라는 꽃
단 한 사람입니다

아직 쓰이지 않은 글

많은 글을 썼지만
진정
사람을 위한 글은
아직 쓰이지 않았다

시는 아무도 살리지 못했고
나 역시
더 나은 사람이 되지 못했다

다만
글의 온도를 통해
사람의 체온을 느끼는 법만은
잊지 않게 되었다

그리고
우리의 빛과 그림자를
오래 들여다보는 법을
알게 되었다

사람은 죽어도
글은 죽지 않는다

말의 씨앗들이
빈 페이지에서
자유롭게 꽃피우기를
소망하며
노래해야겠다

日常, 혹은 마음의 본래와 길

김상환(시인·문학평론가)

1.

질적인 시간, 즉 카이로스kairos에 대한 진정한 경험이 시라면, 이를 향유하는 데는 겨울 만한 게 없다. 문학적 시간으로서 겨울은 실존과 현실을 이어주며, 안[內]을 염려하고 궁구하며 사랑하는 계절이다, 겨울에 살아남기 위해선 적정 온도를 유지하는 게 필요하다. 윤경환의 새 시집 『사람의 온도』를 읽으면서 맨 먼저 갖게 되는 생각은 생의 온기溫氣로서 인간과 문학이다. 사람의 마음, 말과 뜻을 담는 그릇으로서 온기溫器는 얼마나 따뜻하고 얼마나 깊고 아름다운가. 그리고 일상과 일상의 의미이다.

『日常-신학단상』의 저자 칼 라너에게 있어 일상은 신의 은총이고 축복이다. '일하는 것·가는 것·앉는 것·보는 것·웃는 것·먹는 것·자는 것'에 대해 그는 말한다. 일상의 낮고 작은 것들은 온 하늘을 담고 있는 물방울처럼, 그 자체 이상의 무엇이며 전령 같은 것이다. 인간이 있는 곳은 언제나 실재의 숨은 깊이를 드러내기 마련이다. 가장 사소한 일도 인간다운 삶에 본질적 요소로서 내포되어 있다. 앉는 것은 인간 실존과 그 완성의 표현이며, 귀향이자 평정平靜이다. 웃음은 신비, 먹는 것도 신비. 죽은 것이 산 것으로 화하고 보면, 식사보다 더 신비로운 일은 없다. 자는 것은 또 어떤가? 하느님의 은총을 알고 느끼는 마음의 시간이다. 이러한 라너의 일상이 영원의 생성으로 이어진다면, 시인에게 상常이란 카이로스의 시간이자 감각질[Qualia]로서 기분의 현상(학)이다. 일상이 비일상화되는 순간이다.

미적 진리와 진실을 표방하는 것으로서 시와 예술은 우리의 일상에서 얼마나 절실하고 요긴한 것인가. 시인의 고백록이자 부치지 않은 편지로서, 대화의 채널로서 새 시집『사람의 온도』는 화려한 레토릭이나 비유를 동원하지 않고도 우리의 가슴을 파고든다. 상처를 보듬고 치유하며 공감대를 형성한다. 마음의 길과 본래면목을 찾는 이, 일상의 의미를 묻는 이에게 이번 시집은 남다른 의미와 가치가 있다.

2.

윤경환에게 시란 무엇이며, 왜 시인가?

시는 일생에서 가장 황홀하고도 가장 행복하며 가장 고결하고도 가장 순수하고 가장 아름다운 순간들을 글로 기록하는 행위이다. 시를 왜 쓰는가? 누군가의 아프고 고독하고 외로운 가슴을 달래고 치유해 줄 한 마리의 새가 되고픈 꿈. 희망과 축복의 씨앗을 전하는 따뜻한 햇살이 되어 주고 싶은 소망이다. 이것이 내가 시를 쓰는 최선의 이유이자 사명이다.(「시인의 말」)

그렇다. 시는 순간의 아름다움이고 기입記入이다. 저마다의 상처와 고통, 아픔을 치유하는 것은 칼이 아니라 펜이며, 절망의 우물에서 길어 올리는 희망의 두레박이다. 시인의 책무는 어둠의 터널에서 빠져나오지 못한 이들에게 햇살이 되어 주고, 꿈과 소망을 가져다주는 데 있다. 삶의 태도와 지남指南으로서 시인은 모두의 "마음속에 피어있는/ 가장 소중한 꽃"(「당신이라는 꽃」)이다. 사랑이다. 시집 목차를 보게 되면 '사람의 온도'를 비롯해 '라일락꽃 질 때면', '침묵의 순서', '아직 쓰이지 않은 글' 등 도합 4부로 구성되어 있다. 주제어로 말하자면, 인간과 자연, 말과 침묵의 테제는 서로 맞물려 있다. 먼저 인간-사람의 길이란 무엇이며, 어디에 있는가?

들에 핀 야생화도
길을 스치는 바람도
세상을 깨우는 범종도
밤하늘의 별꽃들도

모든 것은
물결이며
단 하나의 우주다

삶에도
인생에도
가장 아름다운 길이 있다면

당신이
사랑하는 삶을 살고
당신이 사는 삶을
사랑하는 것

자기 자신이
자기 주인이 되는 삶

그것만이
누구나 걸어야 할
단 하나의 길이다
―「해인사 가는 길」 전문

시의 길이 삶의 길이라면, 그것은 곧 해인海印에 이르는
길이다. 가장 맑고 아름다운 산사의 마음과 언어로 이루

어진 그 길은 범종 소리에서 견성을 얻어 온전한 나를 발견하고 깨치는 일이다. 그랬을 때 세상은 얼마나 아름답고 드높은 것인가. "들에 핀 야생화도/ 길을 스치는 바람도", 밤하늘의 달과 별들도, 목어 소리와 운판 소리도, 새벽예불 격자창 밖으로 새어 나오는 희미한 불빛도…. 그 순간 '나'는 단 하나밖에 없는 내 삶의 주인이 되고 진실로 사랑하는 삶을 살게 된다. 해인에 이르는 길은 해인삼매에 드는 길이다. 그 길은 모든 것이 바다로 이어지며, 길 위의 삶은 파도와 물결이라는 사실을 아는 데 있다. 사랑과 죽음, 빛과 그림자, 찰나와 우주가 둘이 아님을 체득하는 데 있다. 존재의 사원[寺院, temple]으로서 시는 시간[temps](성)에 그 기반을 두고 있다. 시간적 존재인 인간-시인에게 시는 그 의미와 영원성을 부여한다.

　시작詩作의 순간은 실로 고독하고 고요한 법. 나는 누구인가, 나의 삶과 길은 어디로 향하고 있는가? 등에 대해 시인은 말한다. "길의 주인은 나이고/ 그 길은 곧 나다// 무수한 갈림길 속에서/ 오직 한 길만이/ 나의 유일한 길이며/ 가장 아름다운 꽃길이다// 흙길, 돌길,/ 산길과 바닷길,/ 하늘길과 바람길/ 모든 길에는/ 그 나름의 의미와 가치가 있지만// 내가 선택한 나의 길이/ 가장 사랑스럽고/ 소중한 길이다// 걸으면 길이 되고/ 마음을 키우면 사랑이 되듯/ 길은 머물지 않고/ 멈추어 있지 않다// 불어오는 바람처럼/ 흐르는 물처럼/ 끊임없이 변화하며/ 자기만의 발걸음에/ 집중하는 일// 그것이 곧/ 나의 길이다"(「나의 길」) 모름지기 스스로 택한 길이야

말로 가장 귀하고 애착이 가는 법. 진리와 방법으로서 그 길은 결코 고정되어 있지 않으며, 물처럼 바람처럼 끝없이 흐르고[flow] 변하게 마련이다. 허나 나의 길은 몰입[flow]에 있다. 내가 아는 비밀이란 것도 기실은 "주어진 풍경을/ 조용히 바라보는 일"이거나, "자신만의 색을 얹는 일", "끝내/ 아름답게 완성되길/ 기다리는 일"(「창문 너머」)이다.

그런가하면, 「나를 묻는 마음」에서 나는 하나의 물음으로 존재한다. 나는 누구인가, 나는 무엇을 아는가, 나는 어떻게 살아야 하는가? 그것은 명분과 실질의 틈바구니에서 애써 고요한 마음을 유지하는 것, 참된-살아있는 나로 사는 것이다. 나아가 사랑과 자비와 성실. 맑고 향기로운 마음을 잃지 않는 일이다. 생각하면, 나는 "내 삶에서 … 얼마나 향기로운 사람이었나"(「갈치구이」) 다음 표제작에서는 그 향기의 의미를 새삼스레 진술하고 있다.

사람은 누구나
조금씩 다른 온도를
지니고 태어난다

누군가는 너무 차가워
자신조차 얼어붙고
누군가는 너무 뜨거워
곁사람을 태워 버린다

나는 배웠다
살아간다는 것은
그 온도를 알아가는 일
서로의 체온에
귀 기울이는 일임을

때로는 손을 내밀어
누군가의 차가운 마음을 데워 주고
때로는 한 걸음 물러서
너무 뜨거운 마음을
식혀 주는 일

그렇게
너와 나의 온도가 만나
적당히 따뜻해지는
그 지점에

사랑이 있고
평화가 있고
사람이 있다
―「사람의 온도」 전문

조선 후기 실학자 이덕무에 의하면, 냉정과 열정 사이

를 오가는 게 삶이다. 냉정과 열정 사이에는 다양한 스펙트럼의 온도가 존재한다. 따뜻함·미지근함·뜨거움·시원함·서늘함·차가움 등이 그것이다.

이 시에서 산다는 것은, "너와 나의 온도가 만나/ 적당히 따뜻해지는"일이다. 따뜻하거나 차갑거나 함께 나누는 중도의 삶, 서로의 균형을 맞추고 유지하는 것이다. 냉온 감각의 비밀은 말 그대로 피부에 분포된 냉점(차가운 느낌)과 온점(따뜻한 느낌)이라는 특수한 감각점들을 통해 온도 변화를 감지하는 능력에 있다. 여기서 서로의 차이("사람은 누구나/ 조금씩 다른 온도를/ 지니고 태어난다")를 인정하면서도, 나름의 동일성을 유지하려는 노력이 무엇보다 중요하다. 온도의 '온溫'은 '따뜻하다'란 뜻 말고도, '순수하다' 내지는 '원만하다'라는 의미가 있다. 한 사람의 온도란 기실은 평균적이고 원만한("적당히 따뜻해지는") 정도를 말한다. 거기엔 언제나 사랑과 평화의 의미가 배면에 깔려 있다.

식물도 다르지 않아 "나무의 뿌리에는/ 언제나/ 사람의 온기가 흐른다"(『행복 나무』). 사람은 "붙어 있을 때보다/ 떨어질 때/ 비로소/ 자신의 온도를 아는 듯"(『제때 물러나는 일』)하여 원만한 사람은 때를 안다. 식물과 사람 말고도 우리는 "글의 온도를 통해(서도)/ 사람의 체온을 느끼는 법"(『아직 쓰이지 않은 글』)이다.

글의 온도는 딱히 정해져 있지 않으며 글쓰기 주체의 마음과 태도, 상황 여하에 따라 충분히 달라지게 마련이다. 롤랑 바르트가 말하려는 영도[zero degree]의 글쓰기란 것도 어떤 규정된 틀에서 벗어나 언어 그 자체의 순수성, 즉 무無의 상태로 돌아가려는 글쓰기에 다름아니다. 시지포스의 바위처럼 결코 끝나지 않는 글쓰기, 무수한 좌절이나 낙담과 함께 굴려 올려야 할 글쓰기의 운명. 글쓰기는 결국 사람에 의한, 사람을 위한, 사람의 글쓰기다. "사람(이)/ 사람을 통해서만/ 살아갈 수 있"(「골드러시」)고 또 그런 글쓰기라면, 사람은 사랑과 평화의 다른 이름이다. 그리고 사람은 빛이다.

태양은 매일 새로 떠오르지만/ 그 빛이 닿는 곳은/ 언제나 같다/ 사람의 얼굴/ 그 위의 미소/ 그 안의 사랑

누군가는 돌처럼/ 침묵으로 살고/ 누군가는 물처럼/ 흘러가며 산다/ 그러나 결국/ 모든 길은/ 하나의 바다로 모인다

서로의 온기로/ 서로를 데우며/ 서로의 눈물로/ 서로를 닦으며/ 우리는 그렇게/ 하나의 빛이 된다

하늘의 별보다/ 가까운 빛/ 바로/ 그대/ 살아 있는/ 사람의 빛이다
　　―「사람의 빛」 전문

윤경환의 이번 시집을 관통하는 주제로서 사람의 빛, 빛의 사람은 그의 은유와 예지에 속한다. 찬란한 빛의 아침 "해가 뜬다. 이 짧은 어구가 묘사하고 있는 하나의 사실 가운데에는 실로 생물학·물리학·철학 등의 모든 학문 체계를 동원하여 아무리 오랫동안 연구를 계속한다 하더라도 채 알아낼 수 없는 무한한 정보가 숨어 있다"(라이얼 왓슨, 『생명조류』).

이 시의 도입부는 차이와 반복으로 이루어져 있다. 새롭게 떠오르는 해가, 빛이 향하는 곳은 변함없는 사람의 얼굴, 사람의 미소와 사랑이다. 시의 전통과 모더니티의 관계도 다르지 않다. 현대시의 실험적이고 새로움에 대한 강박 관념이 아니라, 본문의 진술과 묘사에서 오히려 새로운 전통의 목소리를 듣는다. "모든 길은/ 하나의 바다로 모인다" 그 일자─者의 바다 속에는 다자多者의 색과 소리와 향기가 어우러져 있다. 잡화엄이다. 해인의 지혜로 말미암아 서로의 기쁨을 같이하고 슬픔을 나누는 순간 우리는 하나의 빛이 된다. 그 빛은 저 하늘의 별보다 가까우며 살아있는 사람의 빛이다. 사람의 "빛은/ 빛으로 이어지"(「작은 손」)고, 그 "빛은/ 끝내 잃지 않는다"(「6월의 수국」). "하늘에서 땅으로/ 빛이 번져/ 물"(「은행나무 아래 서서」)드는 가을, "나무가 가르쳐 준 것은/ 밤이 깊을수록/ 별은 더 밝아지고,/ 바람이 거셀수록/ 생명은/ 더 단단히 빛난다는"(「성탄의 밤」) 사실. 인간적 시간과 계절은 또 얼마나 순수하고 아름다운가. 나는 너다!

―밤하늘에 둥근 달이 떠오르면/ 달빛처럼 고운 미소
로/ 바다 위에 한 송이 꽃처럼/ 더욱 눈부시게 피어나는
사람 (「이제 너에게 말해 주고 싶다」)
　―너는/ 나에게/ 고요히 중심을 잡고/ 모든 것을 끌어
안는/ 우주 (「그런 너는」)
　―겨울의 매서운 눈 폭풍처럼/ 나를 몹시 떨게 한 것
도/ 바로/ 너 (「그땐 그랬지」)
　―세상에서 가장 아름다운 그대… 겹겹이 싸인 꽃잎
은/ 시간이 빚은 사랑… 그리움의 결 (「장미꽃 한 송이」)
　―내가 진심으로 바라는 건/ 그대의 마음을 여는 일
(「가장 소중한 고백」)
　―그대는/ 내 심장에 걸린/ 첫 새벽 (「그대는」)

등에서 보듯이, 나는 너에게 너는 나에게 사랑이며, "달
빛처럼 … 바다 위에 한 송이 꽃처럼/ 더욱 눈부시게 피어
나는 사람"이다. 그리고 우리는 "고요히 중심을 잡고/ 모
든 것을 끌어안는/ 우주"가 된다. 빛의 우주, 우주의 빛
으로서 너의 이미지는 내 안에 숨어 있는 또 다른 타자에
속한다. 나와 너는 "겹겹이 싸인 꽃잎"처럼 포개어져 있
다. 그 꽃잎과 꽃잎에는 세상에서 가장 빛나고 아름다운
장미도 있고, "눈폭풍처럼/ 나를 몹시 떨게"하는 고통과
상처의 꽃도 있다. 이는 아름다운 장미가 검붉은 이유이
기도 하다. 너를 알고 느끼며 마음을 여는 일은 숫제 장

미의 향기에 있다. 그 맑은 향과 기운 속에는 아름다움과 슬픔이, 빛과 그림자가 섞여 있다. 하여 "그대는/ 내 심장에 걸린/ 첫 새벽". 달이 뜨고 지며 꽃이 지고 피는 과정 속에는 어느 하나로 규정할 수 없고, 말할 수 없는 현묘함이 있다. 일출과 일몰의 기운처럼 경계라는 경지가 있다.

그렇다면 '그(것)'의 정체와 존재는?

햇살은 이마 위로
뜨겁게 내려앉고
땀방울은
흙냄새와 섞여
하루를 적신다

땅은 그를 품고
그는 땅을 일군다
묵묵히
제 길 위에서
세상을 짊어진다

그는 말이 없다
그러나
그의 침묵 속엔
수천 번의 노래가 흐르고

그의 눈동자 안엔
자비와 고통이
함께 산다

별이 뜨면
그는
달을 향해 운다
그 울음소리
산사의 종소리처럼
맑고
오래 울린다

아침이 다시 밝으면
그는 또 걷는다
땅의 무게를 등에 지고
하늘의 빛을
품은 채
—「황소의 노래」 전문

그의 손에는 "사람의 온기가 … 배어 있다"(「10월의 신
사」). 하지만 인용 시의 경우, 그는 인간이 아니라 동물(황
소)이다. 동물에 인격을 부여한「황소의 노래」는 천지를 잇
는 사물과 시간의 흐름에 따른 전개를 축으로 한다. 그-
황소는 하늘빛의 존재로서 인간의 마을에 내려와 산다.

소를 나타내는 히브리어의 첫 글자 알레프ℵ는 시작과 무한, 신을 상징한다. 황소자리별은 제우스가 아름다운 에우로파 공주를 유혹하기 위해 변신한 모습으로 사랑과 낭만, 힘을 나타낸다. 한편, 동양에서 인간의 본성-불성을 찾아 깨달음에 이르는 과정은 '십우도十牛圖'에서 찾아진다. 여기서 '尋牛-見牛-得牛-牧牛' 등의 소는 참된 자아와 진리를 찾아나서는 구도의 상징이다.

이 시에서 황소는 고단한 몸과 땀, 흙과 하루를 보낸다. 흙-부식토Humus는 인간Human의 상징으로서 그(소)를 품고 있다. 그는 말없이 땅을 일구고 세상 짐을 지고 간다. 땅은 그를 품고, 그는 땅을 일으켜 세운다. 침묵의 소에서 '묵黙'은 '품는다'는 말이다. 침묵의 노래, 곧 깊고 낮은 음성은 어디서 오는가. 노래하는 소, 자비와 고통의 소는 경작[耕]과 외경[敬]의 대상이다. 하여 소의 눈망울은 선禪의 마음과 눈을 닮아있다. 별이 뜨면 달을 향해 우는 소, 산사의 종소리 같은 소의 울음소리, 아니 울림은 결코 슬프지 않다. 맑고 그윽하고 깊은 소의 아침. 그는 걷고 또 걸으며, "말없이 땅의 무게를 등에 지고/ 하늘의 빛을/ 품"는다. 무거운 몸을 밝고 가볍게 하는 마음과 마음의 비밀이 바로 여기에 있다.

3.

이상의 빛과 밝음의 이미지 말고도, 이번 시집에는 인간과 사물에 대한 어둠의 시편이 있다. 말과 침묵에 관한 작품마저 있어 새로운 관심을 환기한다. 다음은 전자의 경우이다.

개가 물고 뜯는 일을/ 본능이라 부를 수 있다면,/ 피 냄새에 눈이 뒤집히는 것도/ 운명이라 할 수 있다./ 그러나/ 사람도 그러한가.// 사람의 분노는/ 개보다 먼저 이빨을 드러낸다./ 말이라는 칼날로/ 살을 베고,/ 침묵이라는 독으로/ 마음을 죽인다.// 나는 보았다./ 개에게 물린 상처는 아물었지만,/ 사람에게 물린 마음은/ 검게 곪아/ 제 스스로를 파먹는 것을.// 분노는/ 한 사람의 가슴에서 자라/ 불안의 집을 기어오르고,/ 골목의 벽을 핥으며,/ 도시의 심장을 훔쳐/ 하나의 괴물이 된다.// 그 괴물은/ 짖지 않는다./ 대신/ 부드러운 얼굴을 하고/ 조용히 목덜미를 문다./ 상처는 겉으로 보이지 않지만/ 밤이면 깊게 벌어진다.// 달빛 아래에서/ 도시는 오늘도/ 울음인지/ 비명인지 모를 소리로/ 서로를 물어뜯는다./ 사람은 개의 그림자를 빌려/ 자기 속의 어둠을 풀어놓는다.// 그러나 나는 안다./ 이 잔혹한 개는/ 태어난 적이 없다./ 우리가 용서받지 못한 분노와/ 버리지 못한 상처와/ 키워온 두려움이/ 한데 엉켜 만들어낸/ 흑빛의 심장이다.// 개가 문 것이 아니다./ 사람이 사람을 물기 위해 스스로 길러낸/ 어둠의 짐승일 뿐이다.

　　—「개: 분노에 대하여」 전문

개의 본능은 물고 뜯는 데 있다. 피를 부르는 것은 개의 운명이다. 허나 "개가 문 것이 아니(라) 사람이 사람을 물기 위해/ 스스로 길러낸/ 어둠의 짐승일 뿐"이다. 그렇다면. 세상에 잔혹한 개는 없다. 다만 인간의 감정이 투사된 것으로서 "분노와/ 버리지 못한 상처와 … 두려움이/ 한데 엉켜 만들어낸/ 흑빛의 심장"이 개라는 사실. 이를 인정한다면 인간의 마음이야말로 개의 주인인 것이다. 인간을 보호하고 인도하며 깨우는 역할로서, '사제司祭의 알레고리'로서 개는 본시 분노가 없고 침묵만 있을 따름이다. 개의 분노는 사람의 그림자이며, 자기 안의 깊은 어둠을 말한다. 사람의 말은 아름답지만, 때론 얼마나 위험한가("말이라는 칼날"). 개가 아닌 사람에게 물린 마음의 상처는 "하나의 괴물"이다. 오늘도 "달빛 아래에서/ 도시는 … 울음인지/ 비명인지 모를 소리로/ 서로를 물어뜯는다"

문명의 인간과 자연 그대로의 개 사이엔 무엇이 있는가? 어둠의 현상(학)은 어둠이 아니라 빛의 부재와 상실에 있다. 빛과 어둠이 접화接化하여 새로운 빛으로서 침묵 현상, 즉 검은빛은 "꽃들의 이름을 일일이 묻지 않고/ 꽃마다 품 안에 받아들이는/ 빛"이거나, "붉음보다도 더 붉고/ 아픔보다도 더 아픈,/ 빛에 닿은/ 단 하나의 빛"(김현승, 「검은빛」)이다. 「깃발을 깨워라」에서도 깃발은 우리의 잠든 의식을 깨우는 삶의, 사랑의 횃불로 기능해 있다. 그것은 절망을 일으켜 세우는 희망의 노래이며, 쟁취하는 자의 몫이다. 그리고 물처럼 부드럽고 바람처럼 자유로운 깃발은 세상을 향한 시인의 말이다.
이번에는 말과 침묵에 관한 시편이다.

낡은 방 한구석,
모시의 마지막 올이
주인의 손길을 기다리다
빛을 잃고 눕는다.
베틀은 더 이상
소리를 만들지 않는다.

갓의 둥근 윤곽을 떠받치던 말총은
제 모양을 잊었고,
받침 위의 뼈대는
접힌 날개처럼
움직이지 않는다.

장인이 놓고 간 바디틀과 석칼 사이로
대나무의 푸른 기운만 남아
공방의 온기를 대신한다.

기술은 죽지 않는다.
다만
그 기술을 지키던
사람의 기억에서

먼저 사라진다.

우리는
사라지는 기술을 애도하는 것이 아니라
아무 말도 하지 않는
그들의 침묵 앞에
잠시 서 있을 뿐이다.

그리고 문득,
그 침묵이
우리 얼굴 위에 내려앉아
이미
다음 순서가
우리라는 것을 알게 한다.
―「침묵의 순서」 전문

오래된 집, "낡은 방 한구석"에서의 일이다. 모시와 베틀, 말총과 석칼이 있다. 지금은 기억 속에서 사라져버린 그 말과 사물들을 소환한다. 베틀의 기능은 도투마리에서 풀려나오는 날실을 잉아로 윗날과 아랫날로 나누고, 그 사이에 북으로 씨실을 넣은 다음 바디로 조인다. "베틀은 더 이상/ 소리를 만들지 않"는다. "말총은/ 제 모양을 잊"은 지 오래. "받침 위의 뼈대는/ 접힌 날개처럼 (더 이상) 움직이지 않는다." 장인의 "바디틀과 석칼 사이로/

대나무의 푸른 기운만 남아/ 공방의 온기를 대신"하는 지금, 문제는 마지막 남은 전통기술이 아니라 사라져가는 우리의 기억이며 침묵이다.

사라진 기억과 침묵의 다음 순서가 우리 인간이라면…. 침묵을 바라보는 시선이나 시제('침묵의 순서')가 특별한 이 시에서 누구도 말하거나 기억하지 않는 죽음 앞에 선 인간. 그 인간을 대신하는 기술문명의 현실 앞에서 우리는 누구인가. 온전한 "사람으로 남기 위해"(「멀지 않은 시대」) 시인은 무엇을 말하고 침묵할 것인가?

M. 하이데거는 말한다. "진리가 존재의 참다운 보존에 있다면, 작품을 작품으로 존재하게 하는 것은 작품의 보존이다." 어디 작품뿐이겠는가. "침묵이라는 독으로/ 마음을 죽인다"(「개: 분노에 대하여」)면, 시인에겐 사라지는 방식으로 드러나는 기억과 상상의 언어가 필요하다. "모시의 마지막 올이/ 주인의 손길을 기다리다/ 빛을 잃고 눕는다."에 나타난 시인의 빛나는 언어와 미적 감수성이 그것.

4.

윤경환의 시가 갖는 미덕은 일상, 혹은 마음의 본래와 길에 수반되는 평명한 진술과 묘사의 방식에 있다. 그리고 인간과 삶에 대한 그의 믿음과 긍정의 태도는 빛과 사랑, 평정平靜을 향해 있으며, 이렇다 할 꾸밈이 없다. '영처嬰處'의 무구無垢하고도 순수한 그의 마음은 진정과 진심

으로서, 이는 힘쓴다고 되는 게 결코 아니다. 그것은 해인
海印이란 지극히 고요한 내면의 방에 거하며 자연스러운
발화로 가능하다. 그가 추구하는 온기의 시는 단순한 열
기가 아니라, 열정과 냉정 사이 중용-중성의 언어와 미학
을 표방한다. 빛의 어둠, 어둠의 빛으로 인해 충분히 아름
답고 내면의 울림이 있다. 그런 사람의 길을 가는, 사람의
온도를 그리워하는 그가 보기 좋다. 겨울이 가고 봄이 오
면 우리는 그의 사랑을, 그가 피운 마음의 꽃을 더욱 그
리워하게 될 것이다.

봄 햇살은 하늘을 닮고/ 희망은 잊었던 숨결처럼/ 조
용히 피어나네// 푸른 대지의 숨이 고이면/ 동산과 초원
위에/ 치유라는 꽃이 고요히 스며들고/ 나는 진한 향기
속을 걷네// 자수정 같은 마음 한 조각/ 보랏빛 그 길에
살며시 젖어 드네// 라일락이 지는 저녁이면/ 묵은 아픔
도 바람에 흩어지고/ 그 자리에 피어날 새봄을/ 나는 다
시 기다리네// 그런 사랑을, 그런 봄을 (「라일락꽃 질 때
면」 전문)

사람의 온도

윤경환 지음

발행처　도서출판 청어
발행인　이영철
영업　　이동호
홍보　　천성래
기획　　육재섭
편집　　이설빈
디자인　이수빈 | 구유림
인쇄　　정우인쇄

등록　　1999년 5월 3일
　　　　(제321-3210000251001999000063호)

1판 1쇄 발행　2026년 3월 10일

주소　　서울특별시 서초구 남부순환로 364길 8-15 동일빌딩 2층
대표전화　02-586-0477
팩시밀리　0303-0942-0478
홈페이지　www.chungeobook.com
E-mail　ppi20@hanmail.net

ISBN　　979-11-6855-437-5(03810)